DAS TAGEBUCH DER KOSMONAUTIN

von Thomas Carls

Das Tagebuch der Kosmonautin
von THOMAS CARLS
---Rechtlicher Hinweis über Personen & Handlung---

ALLE IN DIESEM BUCH NAMENTLICH ERWÄHNTEN UND AUFGEFÜHRTEN PERSONEN SIND MIT AUSNAHME VON PERSÖNLICHKEITEN DER ZEITGESCHICHTE, DIE BEREITS VERSTORBEN SIND, GÄNZLICH F R E I ERFUNDEN!

DIE GESCHICHTE BZW. HANDLUNG DIESES BUCHES IST F R E I ERFUNDEN UND WURDE IN EIN PAAR AUSNAHMEN MIT EREIGNISSEN VON HISTORISCHER BEDEUTUNG VERKNÜPFT, UM EINEN FLIEßENDEN HANDLUNGSVERLAUF ZU ERMÖGLICHEN UND VERSTÄNDNISLÜCKEN SOMIT ZU VERMEIDEN.

---DER AUTOR---
Thomas Carls

ORGANISATION PROJEKT NR. 1:

"Das Tagebuch der Kosmonautin" von Thomas CARLS

Das Tagebuch der Kosmonautin
von THOMAS CARLS

E I N L E I T U N G

Das Tagebuch der Kosmonautin

Einleitung

Wir schreiben das Jahr 1994 und die Zeit des Umbruchs sind überall noch spürbar. Die UdSSR existiert seit 1991 nicht mehr, auch Geheimnisse die über Jahrzehnte des Kalten Krieges zu einem hohen Gebirge angewachsen sind, lassen nun nach und nach ihr dunkles Tuch fallen und geben Preis, was nie hätte verborgen bleiben dürfen.

Womit ich Sie, liebe Leserinnen und Leser, nun fesseln möchte ist das Schicksal einer einsamen und vergessenen Heldin im All während des Kalten Krieges und Vorreiterin im Wettlauf zu den Sternen.

Hätte das Schicksal es anders gewollt, wäre die Protagonistin dieser Erzählung niemals unbekannt geblieben und viel früher wäre ihr der Ruhm zuteil geworden, den ihr durch ihren eigenen Tod und die Umstände der damaligen Verantwortlichen verwehrt worden ist.

Und was so unglaublich erscheint, ist in Wirklichkeit noch viel grausamer als der Tod selbst.

Wie schon beschrieben, befinden wir uns im Jahr 1994 und durch den Zerfall des Ostblocks und der Sowjetunion nehmen nun Ereignisse ihren Lauf, die früher und im Schleier des KGB im Exil oder noch schlimmer geendet hätten, wären sie aufgedeckt worden.

Im Archiv der Lubjanka des KGB in Moskau arbeitet man die Vergangenheit auf und versucht die dunkelsten Kapitel der sowjetischen Geschichte zu säubern. Kilometer lange Flure mit meterhohen Aktenschränken warten auf ihre Enthüllung oder Beseitigung, je was den neuen Machthabern im Kreml gefällt oder missfällt.

Walentina und Anatol vom Komitee der neuen Strukturen sind im Auftrag der Russischen Föderation beauftragt, einige der vergilbten und verstaubten Flure und Schränke von ihrem jahrelangen Dornröschenschlaf aufzuwecken und herauszufinden, welche Geheimdokumente für den Aufbau der neuen russischen Nation dienlich oder schädlich sind.

Sie beschließen daher sich mit den Räumlichkeiten und den um sie herum stehenden Zeitrelikten genauer vertraut zu machen.

Ein erster Eindruck soll gewonnen werden, bevor man mit der akribischen Suche nach Verwertbaren beginnt. Sie schließen einen Tresorraum nach dem anderen auf, legen Aktenkoffer, versiegelte Kapseln und in Leder eingeschlagene Mappen mit dem Staatswappen des obersten Sowjets fein säuberlich auf dafür vorgesehene Rolltische.

Thomas Carls Fortsetzung nächste Seite...

Fortsetzung Einleitung

Jeder kann bis zu 250 kg Gewicht tragen und doch biegen sich die Tische bereits durch die Schwere der Last.

Ihnen wird eine Menge Arbeit bevorstehen, denken sich die beiden, ohne es auszusprechen.

Sie beide wurden im Vorfeld vereidigt und unter Androhung ernster Konsequenzen gewarnt, daß sie die Informationen aus diesen Räumlichkeiten mit niemand anderes, als denen zu einem späteren Zeitpunkt ihnen mitzuteilenden Verantwortlichen von höchster Geheimhaltungsstufe besprechen dürfen.

Was sie beide aber nicht wussten, ist was sie bei Ihren Recherchen in Lubjanka entdecken würden, was das Schicksal einer Kosmonautin vom 26. Mai 1961 beinhaltete...

Ende Einleitung

Fortsetzung mit KAPITEL 1

Das Tagebuch der Kosmonautin
von THOMAS CARLS

K A P I T E L 1

DIE BEÄNGSTIGENDE N A C H R I C H T

KAPITEL 1 - DIE BEÄNGSTIGENDE NACHRICHT

Als sie in einem unscheinbaren weiteren Tresorraum ankommen, stoßen sie in einem hinteren Aktenschrabk auf eine Fächermappe, olivgrün mit seitlichen, ausgeleiherten Gummizug.
Sie denken sich nichts weiter dabei und legen diese Mappe erst einmal auf einen der 25 Rolltische, die sie bereits gefüllt haben ab.
Anatol bekommt aber schon beim Ablegen der Mappe ein ungutes Gefühl und er glaubt, daß mit dieser Mappe etwas anders ist, als die Restlichen, die sie bereits gesammelt haben.
"Walentina, schau mal her, diese Mappe sieht doch irgendwie anders aus, als die da drüben, die wir hier gefunden haben, oder?" fragt er mit einem zitternden Unterton.
"Glaubst du an Gespenster oder warum bist du so ängstlich?" entgegnet ihr Walentina.
"Ach gar nicht. Aber irgendwie habe ich das Gefühl, was einem so überkommt, wenn man eine schreckliche Wahrheit zu Tage fördert."
"Na dann mache die Mappe auf und sieh nach, was drin ist!" feuerte sie ihn an.
Schon beim Anfassen der Mappe zitterten seine Hände. Erst leicht, dann immer mehr. So daß Walentina sich gezwungen sah einzugreifen, bevor die Mappe samt Inhalt auf den Boden fiel und sie dann alles wieder aufheben und neu sortieren mußten.
"Gib schon her, bevor die Mappe samt Inhalt zu Boden fällt und du dich lächerlich machst!" fuhr sie ihn an, wobei er sichtlich errötete.
Das Erste, was sie beim Öffnen fand war, ein Zettel mit einem englischen Text. Es handelte sich dabei offensichtlich um einen Funkspruch:

FIVE...FOUR...THREE...TWO...ONE...ONE
TWO...THREE...FOUR...FIVE
COME IN...COME IN...COME IN...
LISTEN...! LISTEN...! COME IN...
COME IN... COME IN... TALK TO ME!
TALK TO ME!... I AM HOT!... I AM HOT!...
WHAT?... FORTY FIVE?... WHAT?...FORTY FIVE?...
FIFTY?...YES...YES...YES...BREATHING...OXYGEN...
I AM HOT...(THIS) ISN'T THIS DANGEROUS?...
ISN'T THIS DANGEROUS?...
YES...YES...YES...HOW IS THIS?...
WHAT?...TALK TO ME!...HOW SHOULD I TRANSMIT?

Fortsetzung KAPITEL 1 - DIE BEÄNGSTIGENDE NACHRICHT

YES...YES...YES...WHAT?...OUR TRANSMISSION
BEGINS NOW...
FORTY ONE... THIS WAY...OUR TRANSMISSION
BEGINS NOW...
FORTY ONE...I FEEL HOT...I FEEL HOT...
IT'S ALL...
IT'S HOT...I FEEL HOT...I FEEL HOT...
...I CAN SEE A FLAME!...WHAT?!!!I CAN SEE A FLAME!...
I FEEL HOT!...I FEEL HOT!...THIRTY TWO...
AM I GOING TO CRASH?... YES...YES...I FEEL HOT!...
I FEEL HOT!...I WILL REENTER!...
I WILL REENTER!...I AM LISTENING!...
I FEEL HOT!...

Was hatten diese Zeilen zu bedeuten? Keine der beiden wusste, wie man diese interpretieren sollte. Anatol hatte eine Gänsehaut bekommen und nachdem Walentina sich wieder nervlich gefangen hatte, sah sie weiter in der Mappe nach und fand ein Tonband und ein gelbes, vergilbtes Leinenbüchlein mit einer Verschluss-Schnalle in der Mitte darum. Auf diesem war die Symbolik der Kosmonauten und Weltraumfahrt, Sterne und Erdumlaufbahnen im Orbit zu erkennen.

Es konnte sich dabei nur um Weltraumfahrt und Kosmonauten handeln. Aber wem gehörte dieses Büchlein? Was war auf dem Tonband zu hören? Was hatte das alles mit diesen unverständlichen Zeilen auf dem Zettel zu tun?

Fragen über Fragen! Anatol überredete Walentina erst einmal eine Pause einzulegen und bei einem Kaffee und einer ordentlichen Zigarette die Sinne zu beruhigen.

Also gingen sie an die frische Luft und zündeten sich eine Zigarette an, bevor man in der Kantine einen Kaffee trinken wollte.

Fortsetzung nächste Seite...

Das Tagebuch der Kosmonautin
Fortsetzung KAPITEL 1 - DIE BEÄNGSTIGENDE NACHRICHT
- In der Kantine -

Während sie einen Kaffee tranken, senkte sich der Kopf von Anatol augenblicklich in Richtung Tischplatte und kurz kreuzten sich sein Blick und der von Walentina, ehe er wieder zusammengesunken fortfuhr.

"Was haben wir da nur aufgeweckt, Walentina?" fragte er ängstlich.

"Ich glaube, dieses Mal könnten wir den Geist aus der Flasche befreit haben!"

"Na lass uns doch erst einmal die Informationen und Fakten weiter sichten, bevor wir gleich Geister herauf beschwören! Willst du nicht wissen, was es mit dieser mysteriösen Geschichte auf sich hat?" erwiderte sie ihm überschwänglich.

"Können wir denn anders handeln, jetzt wo die Scheiße da ist? Nein, können wir nicht!" reagierte er plötzlich gereizt.

Beide tranken ihren letzten Schluck aus der Tasse, ehe sie sich von ihren Stühlen erhoben und sie wieder an die Arbeit gehen wollten, als plötzlich ihr Vorgesetzter, Sergej Tudajev, vor ihnen stand.

"Und was habt ihr herausgefunden? Gibt es was Neues in der NKWD-Abteilung oder habt ihr ne Leiche ausgegraben?"

Sofort stockte Anatol der Atem und Walentina verschluckte sich fast an dem letzten Schluck vom Kaffee.

"Wie meinst du das, Sergej Sergejewitsch?" fragte Walentina mißtrauisch und beäugte ihn mit direktem Blick.

"Na, ihr habt noch nie eine Extra-Pause gemacht und Anatol wirkt auch ein wenig traumatisiert. Das macht auf mich den Eindruck, als hättet ihr ne Leiche ausgegraben!" fügte er hinzu.

"Ach was, du bildest dir das nur ein. In Wirklichkeit ist es dort unten langweilig. Was für Leichen außer tote Mäuse oder Wollfetzen sowie Staubknäuel sollen da zum Vorschein kommen?" lachte Walentina.

"Na dann macht mal schön weiter, aber wenn es was interessantes gibt, wisst ihr wohin die Informationen fließen! Das hoffe ich für euch!" klang seine Stimme drohend.

Nie hätten die beiden daran gedacht, ihren Vorgesetzten belügen zu müssen. Aber die Wahrheit glich einem Ritt auf der Rasierklinge. Wer darauf abrutscht, muß bluten und verliert mehr, als ihm lieb ist.

Thomas Carls

Fortsetzung nächste Seite...

Das Tagebuch der Kosmonautin

Fortsetzung KAPITEL 1 - DIE BEÄNGSTIGENDE NACHRICHT

Sergej Sergejewitsch Tudajev verabschiedete sich bei den beiden, konnte aber sein Mißtrauen nicht verbergen.

Walentina und Anatol gingen mit schnellen Schritten in Richtung NKWD-Abteilung, um den Anschein zu erwecken, sie würden sich dort aufhalten. Einen Blick über die Schulter sahen sie noch wie Tudajev mit verschränkten Armen ihnen hinterher sah und dann weiter ging. Erst einmal hatten sie es geschafft ihren Vorgesetzten zu täuschen. Aber ein zweites Mal würde es nicht geben, denn er war ein Fuchs und hatte Lunte gerochen, wie man so schön sagte.

Er war Mitarbeiter bei KGB-Chef Juri Andropow und nicht der schlechteste unter den Agenten. Was man gelernt hat, verlernt man so schnell nicht. Auch nicht, wenn die Machtverhältnisse sich geändert hatten.

- Wodka on the Rocks -

"Ich brauche einen Wodka!" sagte Anatol als sie bei Ihren Aktenschränken und 25 Rolltischen ankamen.

"Bist du sicher? Sergej wird sicher nach uns suchen lassen, wenn er uns nicht in der NKWD-Abteilung vorfindet." fragte Walentina.

"Wo kriegen wir Eis her?" wandte sich Anatol fragend an seine Kollegin.

"Na geh doch auf das Dach, da liegt doch bestimmt noch Eis und Schnee!" schmetterte sie ihm entgegen.

Er nahm sein Glas, ein echtes Kristallglas, aus seiner Ledertasche und ging durch verzweigt Hinterflure in Richtung Dach der Lubjanka ohne zu bemerken, daß er verfolgt wurde.

Als Walentina gerade die Fächermappe weiter durchforsten wollte, vernahm sie einen Markdurchbohrenden Schrei, kurz bevor eine Person vom Dach fiel und unten auf dem Vorplatz aufschlug.

Anatol kam herein gestürzt und griff die Arme von Walentina.

"Nimm das Tagebuch und pass auf dich auf! Ich muß untertauchen. Aber wir bleiben in Kontakt. Sei bitte vorsichtig und vertraue niemanden!" schrie er sie an, bevor er verschwand.

Thomas Carls

Fortsetzung nächste Seite...

Fortsetzung KAPITEL 1 - DIE BEÄNGSTIGENDE NACHRICHT

Sicherheitskräfte kamen mit Maschinengewehren bewaffnet zu ihr, auch wenn sie noch immer keinen klaren Gedanken fassen konnte.

"Wo ist er?" fragte einer der bewaffneten Organe.

"Wer?" kam eine leise, schüchterne Stimme aus ihrem Mund.

"Sie müssen mitkommen!" entgegnete es ihr befehlsartig.

"Was ist denn überhaupt passiert?" fragte sie.

"Eine männliche Person wurde vom Dach gestoßen. Anatol hat etwas damit zu tun, glauben hier zumindest die Verantwortlichen." kam eine Stimme aus dem Hintergrund. Es handelte sich dabei um SERGEJ SERGEJEWITSCH TUDAJEV.

"Ich brauche eine Weile für mich, bis ich wieder in der Lage bin, zu begreifen, was hier passiert und was Anatol damit zu tun hat." sprach Walentina ihn zurück in die Dunkelheit der Flure an, ohne sein Gesicht dabei deutlich zu erkennen.

"Geh erst einmal nach Hause und ruhe dich aus. Morgen kannst du dann deine Aussage machen!" stimmte Sergej ihr zu.

"Aber das geht doch nicht!" reagierte einer der Sicherheitsleute entrüstet.

"Das geht in Ordnung! Oder wollen sie EISANGELN gehen?"

"Nein, entschuldigen Sie!" antwortete er kleinlaut.

Walentina fragte sich in diesem Moment was EISANGELN bedeuten würde? Es mußte ein KGB-Begriff sein, mit dem man wohl keine Bekanntschaft machen sollte.

Als sie die Lubjanka verließ, sah sie wie ein lebloser Körper mit einem weißen Tuch abgedeckt wurde. Das weiße Tuch verfärbte sich schnell rot. Das war bestimmt Blut, dachte sie sich entsetzt.

Nur noch nach Hause unter die Dusche und dann ins Bett. Auch wenn sie nicht daran glaubte, schlafen zu können.

Dann nahm sie vorsichtig etwas aus ihrer Tasche... das mysteriöse <u>TAGEBUCH</u> einer unbekannten Frau.

Ende KAPITEL 1 - DIE BEÄNGSTIGENDE NACHRICHT

Fortsetzung mit KAPITEL 2 - DAS TAGEBUCH BRINGT DAS GRAUENZUM VORSCHEIN

KAPITEL 2

DAS TAGEBUCH BRINGT DAS GRAUEN ZUM VORSCHEIN

KAPITEL 2 - DAS TAGEBUCH BRINGT DAS GRAUEN ZUM VORSCHEIN

Nachdem sich die Ereignisse überschlagen haben, kommt Walentina bei sich zu Hause an und überlegt, wo sich Anatol aufhält.

Bei ihren Recherchen und Entdeckungen im KGB-Arciv des Lubjanka, waren diverse Fragen aufgetaucht, auf die es bislang keine Antworten gab.

1.) Was hatte der englische Funkspruch zu bedeuten?
2.) Wer hatte ihn abgegeben und zu welchen Zweck?
3.) Wem gehörte das mysteriöse Tagebuch und was stand darin?
4.) Warum mußte Anatol untertauchen und was war auf dem Dach der Lubjanka geschehen?
5.) Wer war der Tote vom Dach des Lubjanka?
6.) Warum wollte man sie zum Verhör mitnehmen und was hatte ihr Vorgesetzter Sergej Sergejewitsch Tudajev damit zu tun?
7.) War sie Lebensgefahr und wenn ja, warum?

Auf alle diese Fragen mußte sie erst einmal Antworten finden. Dazu beschloß sie das Tagebuch zu benutzen, welches sie unbemerkt aus dem Lubjanka geschmuggelt hatte.

Hier aus dem Inhalt des Tagebuch der unbekannten Frau:

Eintrag vom 29.07.1960

..."heute habe ich Dr. Horea gefragt, ob er wirklich meint, dass die Antriebsraketen noch nicht ausgereift sind? Denn ich denke, dass er mir etwas verheimlicht. Vielleicht können wir uns ja noch später zusammensetzen. Ich glaube, daß wir beobachtet werden. Ich möchte ihn nicht in Gefahr bringen, aber immerhin hängt doch mein Leben davon ab."...

Eintrag vom 30.07.1960

..."gesternAbend hat sich etwas erstaunliches ergeben, denn meine Sachen waren durchwühlt, als hätte jemand nach etwas gesucht. Ich hoffe, daß sie nicht gefunden haben, wonach sie gesucht haben. Wenn man mich verschwinden lassen will, braucht man nur die Rakete zu sabotieren."...

 Fortsetzung nächste Seite...

FORTSETZUNG VORHERIGE SEITE

Eintrag vom 01.08.1960

..."Dr. Horea hat mir Baupläne von den Antriebsraketen gezeigt, es sieht so aus, als wenn er Recht damit hat, was er behauptete. Niemand glaubt ihm oder will ihm glauben, die Sache ist zu wichtig, als das sich der Starttermin noch verschieben lassen würde. Ich bin mir nicht sicher, ob er den Start noch verhindern kann. Er ist ein ehrlicher Mann und seine Erfahrung scheint anderen ein Dorn im Auge zu sein."...

Eintrag vom 07.08.1960

..."wenn sie mich heute noch mal untersuchen, werde ich so tun, als wäre ich nicht gesund. Mal sehen, ob sie dann jemand anderes auswählen. Dr. Horea ist seit zwei Tagen weg, aber niemand aus dem Fachkreis kann mir sagen, wo er ist. Hoffentlich ist ihm nichts geschehen?"...

Walentina legte das Tagebuch der unbekannten Frau für eine Weile beiseite, da sie damit beschäftigt war, die zurückliegenden Ereignisse zu verstehen und außerdem machte sie sich große Sorgen, um Anatol.
Draußen vor ihrem Haus war ein grauer Wagen vorgefahren, es stieg aber niemand aus und der Fahrer rauchte unablässig eine Zigarette nach der anderen. Es waren bestimmt Machorka, ein fieses Kraut, von dem ungeübte Raucher umfielen oder gleich zur Toilette rennen mußten. Also konnte es sich bei dem Fahrer nur um ein Mitglied der Armee oder des Geheimdienstes handeln. Wie konnte sie nur die Wohnung und das Haus verlassen, ohne das der Fahrer oder besser ihr Bewacher etwas davon mitbekommen durfte? Es würde auch für sie gefährlich werden. Davon war sie mitlerweile überzeugt.

FORTSETZUNG VON SEITE 02_KAP2

Sie versuchte über die Feuertreppe auf das Dach zu gelangen, um dann heimlich zu entschwinden, ohne dass der Bewacher sie mitbekommen würde.

Anfangs funktionierte es auch, aber durch einen Fehltritt, der sie fast abstürzen ließ, sah der Fahrer des grauen Wagens nach oben auf das Dach und erblickte schließlich Walentina. Eine Verfolgungsjagd nahm ihren Lauf und sofort hatte sie das Gefühl gegen die Zeit anzukämpfen.
Ihr Weg führte sie zur U-Bahn, der METRO, und sie wollte den Zug betreten, als eine Hand ihre Schulter festhielt.
"Das Katz-und-Mausspiel ist vorbei. Keinen Schritt weiter." raunte sie der bullige Fahrer des grauen Wagens an.
Beide verließen die U-Bahn wieder und gingen nach oben, als ein TATRA-LKW angefahren kam und Walentina für einen Moment ihren Verstand ausschaltete und ihm einen Schubser gab. Er wurde vom LKW gestreift und an den Bordstein geschleudert. Er war nicht tot, aber bewusstlos.
Schnell durchsuchte sie seine Sachen, nach einem Hinweis, wer er war und in wessen Namen er sie verfolgte.
Sie fand nur eine Visitenkarte eines gewissen Dr. MUDOVICIO, einem Psychiater aus Sibirien, genauer aus OLENJOK.
Genau dorthin mußte sie, um mehr zu erfahren und auch herauszufinden, wer sie aufhalten wollte.

Ende KAPITEL 2 - DAS TAGEBUCH BRINGT DAS GRAUEN ZUM VORSCHEIN

Fortsetzung mit KAPITEL 3 - IN DER NERVENHEILANSTALT BEI DR. MUDOVICIO

K A P I T E L 3

IN DER NERVENHEILANSTALT BEI DR. M U D O V I C I O

KAPITEL 3: IN DER NERVENHEILANSTALT BEI DR. MUDOVICIO

Das Tagebuch führte Walentina in die Abgründe menschlichen Daseins und das in der Umgebung einer Nervenheilanstalt. In dieser erhoffte sie sich mehr darüber zu erfahren, warum die Einträge im Tagebuch so abrupt abreißen und wo sich Anatol aufhielt. In den Gängen von "SCHUKASCHINSKAIJA" war es ihr unangenehm und sie wollte eigentlich wieder gehen, als eine kalte Hand ihren Unterarm ergriff.

"Wollen sie zu mir?" fragte eine ältere, herrische Stimme. Im Umdrehen erkannte sie einen Mann mit grauen Haaren, das Gesicht durchzogen mit riesigen Falten, die Bände über die Erfahrung und die Lebensjahre seines Besitzers sprechen konnten.

"Ich weiß nicht." entgegnete sie in schüchternen Ton, denn sie wußte ja nicht, wem sie trauen konnte.

"Kommen Sie mit mir in mein Büro." sagte der alte Mann, der offensichtlich etwas zu sagen hatte.

Als sie ihn begleitete, gingen sie an mehreren Zellen vorbei, aus denen hysterische, ja obszöne Geräusche und Worte drangen.

"Machen Sie sich nichts draus. Die haben keinen Verstand mehr. Hoffnungslose Fälle." fuhr er sie an.

Wenig später kamen sie beide zu einem Zimmer, daß die Bedeutung eines Büros gar nicht verdiente.

In ihm gab es Ledersessel und eine Ledercouch. Der Schreibtisch in der Ecke, war riesig und mußte antik sein, denn er hatte viele Ornamente und Verzierungen.

"Wissen Sie, wer ich bin? Und wo Sie hier sind? Niemand betritt diese Mauern und kommt normal wieder heraus. Aber was ist schon normal?" fragte er sich nachdenklich.

"Nein, ich weiß nicht wer Sie sind, aber auf jeden Fall derjenige, der hier wohl die Entscheidungen trifft und das letzte Wort hat!" entgegnete sie ihm mit einem Lächeln im Gesicht.

FORTSETZUNG VON SEITE 01_KAP3

"Genau. Ich bin der Leiter dieser Psychiatrischen Einrichtung. Mein Name ist Dr. Mudovicio. Warum sind Sie hier? Gibt es dafür einen gewichtigen Grund, hier in das ländliche und abgeschiedene OLENJOK zu kommen?" fragte er sie sichtlich erregt.

"Ich glaube Sie wissen bereits wer ich bin! Oder?" erwiderte sie ernüchtert.

"Willkommen Walentina!" erhellte sich sein Blick und wirkte triumphierend.

"Hören Sie Walentina, Sie und ihr Freund haben zu tief gegraben und ein Geheimnis aufgespürt, was einigen Personen auch heute noch mehr als nur eine Sünde wert ist. Sie kennen die Konsequenzen bereits oder? Selbstverständlich wollen die Herrschaften für die ich arbeite, daß ich Sie nicht wieder gehen lasse.
Ob Sie leben oder sterben, liegt dabei in meinem Ermessen. Ich entscheide mich je nach Ihrer Mitarbeit und Einsicht. Wenn Sie kooperativ sind, würde ich Sie hier bei mir behalten und eines Tages, wer weiß, könnten Sie wieder dorthin, wo Sie es wünschen.
Wenn Sie jedoch widerspenstig sind, muß ich Sie liquidieren lassen." führte er ausführlich aus, ohne Anzeichen von Reue oder Mitleid zu zeigen.

"Ich kann Sie auch lebenslang hier zwischen unseren hoffnungslosen und vergessenen Insassen wegsperren, so daß Sie sich wünschten lieber ToT zu sein, als auch nur einen Tag länger an diesem Ort zu verweilen." ergänzte er nüchtern und anteilslos.

"Können wir uns nicht irgendwie anderweitig arrangieren und eine Obereinkunft treffen, die beiden Seiten nutzt?" fragte Walentina.

Das Tagebuch der Kosmonautin
von THOMAS CARLS
KAPITEL 3: In der Nervenheilanstalt bei DR. MUDOVICIO

Was dagegen sprach, dass es sich hierbei um eine zivilgenutzte Einrichtung handelte, war die Tatsache, dass sich vor dem Gebäude ein Mehrfachraketenwerfer der Baureihe BM-13-16 auf einem Studebaker-Chassis(5) befand, der ohne Zweifel an die siegreiche Epoche der Roten Armee im Zweiten Weltkrieg erinnern sollte.

---Flucht aus dem Gebäude---

"Und wie denken Sie über mein Angebot, Doktor MUDOVICIO?" fragte Walentina den Doktor.

"Ich glaube, Sie unterschätzen Ihre Lage und überschätzen Ihre Position, meine Liebe!" entgegnete ihr Doktor MUDOVICIO.

"Sagen Sie Doktor, war nicht immer schon bekannt, dass Genie und Wahnsinn im engen Kontext zueinander stehen?" verleihte Walentina ihrem Ego neue Kraft, bevor sie ihren Fesseln entfliehend, dem Doktor ins Gesicht schlug und dieser mit dem Oberkörper in die Glastür des Arzneischrankes hinter sich fiel und dann zu Boden ging. In diesem Augenblick nutzte Walentina die Gunst der Stunde und lief aus dem Verhörraum, einen Gang entlang, auf dem sie an einem Raum vorbeikam, wo sich die Schlüssel zu dem Raketenwerfer auf dem Studebaker-Chassis vor dem Gebäude befanden. Sie ergriff die Schlüssel und nachdem einige Wachen überwältigt waren, stand sie vor der "Stalinorgel".

---Fahrt im besonderen Fluchtfahrzeug---

Die hellen Lichtblitze, die der angedeutete Salvenschuß auf die Verfolger in der Nacht hinterließ, war umso beeindruckender, da es aussah, als wenn Scheinwerfer in den Nachthimmel gerichtet. Ohne größere Schäden zu verursachen! Der Studebaker aus US-amerikanischer Produktion erwies sich für die Verfolgungsjagd trotz seiner vielen Jahre, als überaus effektiv.
Aus einer Limosine ihrer Verfolger wurde eine Lenkrakete, eine Panzerabwehrlenkwaffe sowjetischer Bauart, auf die Abschußrampe der "Stalinorgel" abgefeuert und verfehlte ihre Wirkung nicht.
Der Werferrahmen mit den Laufschienen richtete sich während der Fahrt auf, so dass dieser während des Ausweichmanövers senkrecht in einem Winkel von 90 Grad stehen blieb.

---

(5): Waffen-Arsenal-Sonderband S30, "Die Stalinorgel - Sowjet. Mehrfachraketenwerfer" von MICHAEL FOEDROWITZ, Ausgabe:1993 ISBN: 3-7909-0480-5

Das Tagebuch der Kosmonautin
von THOMAS CARLS
KAPITEL 3: In der Nervenheilanstalt bei DR. MUDOVICIO

Durch die Fahrt auf der Allee, an deren Seiten stattliche Bäume standen, blieb der Rahmen mit den übrig gebliebenen überlangen M-13-Raketen an den oberen Ästen hängen und der Studebaker wurde plötzlich und unverhofft zum Stillstand gebracht. Er hebte dabei von der Fahrbahn mit allen 6 Rädern auf 3 Achsen ab und setzte unsanft wieder auf, wobei eine der Achsen hörbar und spürbar brach.
Das war das Ende! . . .   . . . vielleicht auch nicht!
Eine unbekannte Person zog Walentina aus dem Fahrerhaus des Studebaker-Chassis und brachte sie noch vor Entreffen ihrer Verfolger in ein nahegelegenes Häuschen, versteckt hinter einer landwirtschaftlich genutzten ehemaligen Kolchose von Olenjok.
Er legte Walentina behutsam auf die Couch und legte eine Decke auf ihren Körper. Ob sie schwer verletzt war, nach so einem gewagten und dazu noch gefährlichen Stunt vermochte er nicht einzuschätzen.
Nachdem sich dieser unbekannte Mann seines Umhang entledigt hatte, setzte er sich zu Walentina und sprach sie leise an.
"Bist du es wirklich WALENTINA?"
Sie öffnete langsam ihre Augen und starrte ihn verblüfft und erschrocken an.
"Wer sind Sie?" fragte Walentina.
"Ich kannte Deinen Großvater HOREA und du siehst genauso aus, wie auf dem Foto deiner Großmutter, dass er immer bei sich trug!" antwortete der unbekannte Fremde.
Währendessen besichtigte Dr. MUDOVICIO zusammen mit einer unheilvollen Delegation das völlig zerstörte Wrack des BM-13-16 mit dem immer noch senkrecht stehenden Werferrahmen.
Wären zu diesem Zeitpunkt noch scharfe M-13-Raketen auf den Laufschienen befestigt gewesen, er hätte damit ein Loch in den Himmel geschossen, um seine Wut auszudrücken!
---Wieder in der Kolchosenhütte---
"Woher kennen Sie meinen Großvater Horea?" fragte Walentina.
"Weißt du mein Kind, es ist schon lange her, aber ich erinnere mich noch, als wäre es gestern gewesen. Horea, ich und ein paar Andere, arbeiteten als Wissenschaftler an der Entwicklung des Raketenprogramms der UdSSR." antwortete er.

"Raketen und Horea?" entgegnete ihm Walentina.
"Ja und es gab nochmehr, ein Raumfahrtprogramm, aber ich weiß nicht, was du erfahren solltest! Es ist so schon für mich schwierig, darüber zu berichten." sagte er mit tränenbelegter Stimme zu Walentina.
"Dein Großvater war einer der talentiertesten und begabtesten Wissenschaftler, die ich je gesehen hatte. Ein feiner Mensch, mit dem man sich gerne umgab." . . .

Aber vielmehr konnte der unbekannte Retter und Freund ihres Großvaters nicht mehr erzählen, denn vor der Hütte waren plötzlich Stimmen und Motorengeräusche zu hören.
"Du mußt sofort verschwinden!Renn' durch den Kuhstall über den Laufgang an den Liegeboxen vorbei bis du zum Waldrand kommst. Geh' Immer weiter bis zu einem kleinen Bach. Dem folgst du, bis du in die Stadt kommst." instruierte er Walentina.
Sie machte sich umgehend auf den Weg und sah sich noch einmal kurz um.
Er sah sie mit einem hoffnungsvollen, freundlichen Blick an und wünschte ihr viel Glück bei ihrer weiteren Suche.
Hecktisch und voller Angst entdeckt zu werden, tat sie wie ihr geraten wurde.
Aus der Ferne hörte sie wie jemand schrie: "Wo ist sie?", aber zurück, um dem Freund ihres Großvaters zu helfen, konnte sie nicht. Deshalb mußte sie nach Olenjok weiter.

ENDE mit KAPITEL 3: In der Nervenheilanstalt bei DR. MUDOVICIO
FORTSETZUNG mit KAPITEL 4: Horea aus Chisinau

K A P I T E L 4

H O R E A AUS C H I S I N A U

KAPITEL 4 - HOREA AUS CHISINAU

In OLENJOK wurde Walentina mit der Tatsache konfrontiert, daß womöglich ihr eigener Großvater HOREA etwas mit dem Weltraumprogramm und der unbekannten Frau deren Tagebuch sie in LUBJANKA fand, zu tun gehabt hatte.
Doch diese Überlegung mußte erst einmal warten.
Zuerst dachte sie über seine Lebensgeschichte nach.
Konnte es wirklich sein, daß HOREA bei der Weltraumforschung mitgearbeitet hatte? Sie schaute mit eingefrorenem Blick auf ein Familienfoto, welches sie immer in der Tasche trug, auf dem auch ihr Großvater zu sehen war.

Das Weltraumprogramm der UdSSR offenbarte allen Anschein nach, eklatante Schwächen sowohl in der Logistik, wie auch im Führungsstab als auch in der technischen Ausrüstung, die durch die rasanten Pläne durch STALIN und den Wettlauf mit den Amerikanern von internationaler Bedeutung war.

Walentinas Großvater HOREA war ein angesehener, hochdekorierter Thermodynamikexperte und studierter Physiker.
Sein Spezialgebiet war die statistische Thermodynamik mit dessen Arbeiten und Erkenntnissen er in der internationalen Welt für hervorragende Reputation und Ansehen gesorgt hatte, sehr zum Missfallen der Kommunistischen Partei und ihrer Agitatoren.

Wie auch immer gab es für ihn seit jüngster Kindheit nur den Wunsch Physiker zu werden und den Weg in die fortschrittliche Zukunft zu beschreiten, obwohl er mit der Herkunft dessen er sich nun einmal nicht rühmen konnte, einen Platz in der bolschewistischen Ideologie einnehmen mußte.

Nach erfolgter Ausbildung in CHISINAU im Jahre 1918 bestimmte ihn der Landesrat der Moldauischen Demokratischen Republik Bessarabiens zum ordentlichen wissenschaftlichen Mitarbeiter unter Prof. Georgi Masurowitsch, der schon an der Universität

FORTSETZUNG VON SEITE 01_KAP4

von St. Petersburg naturwissenschaftliche Lehren studierte und weitergab.

Eine schreckliche Erfahrung machte er am 10. November 1940[1], als ein Erdbeben das bis dahin schon durch den Zweiten Welt-krieg verwüstete CHISINAU dem Erdboden gleich machte und dabei seine geliebte Frau DORIANA unter den Trümmern der Stadt begraben wurde und so sein sanftes Gemüt für immer aufbrach. Dieser Schock war die Keimzelle seines späteren intellektuell-en Ungehorsams, welches ihm die Reise nach Sibirien einbrachte.

1946 erfolgte die Gründung der staatlichen Universität, wo er in die Fakultät für Physik und Mathematik aufgenommen wurde. Durch seine Arbeiten war er sowohl in der Lage sich einen Doktorgrad zu erwerben und konnte mit seiner Position innerhalb der Fakultät, als auch der gesamten Universität eine neue Fakultät gründen, die für Ingenieurwesen und Technologie im Jahre 1959[2].
Also gut 2 Jahre vor den Ereignissen mit der Kosmonautin.
Die Geschichte unserer tapferen Heldin ist also mit so vielen Personen auch aus dem direkten Umfeld von Walentina verbunden, doch das wußten unsere beiden fleißigen Hauptakteure noch nicht, als sie diese Entdeckung in den Fluren der LUBJANKA machten.

(1) Erdbeben von VRANCEA am 10. November 1940 mit der Magnitude 7,7; über 1500 Todesopfer (QUELLE: Erdbeben in Rumänien; http://www.das-erdbeben.de/rumaenien.htm)

(2) Informationen aus der Webseite der staatlichen Universität von Moldawien (QUELLE: Universitatea de Stat din Moldova -- Istoric; http://usm.md/?page_id=524)

FORTSETZUNG VON SEITE 02_KAP4

In der Mappe, die sie in OLENJOK von Dr. Mudovicio erhalten hatte, befand sich auch ein Bild auf dem ihre Großeltern zusammen mit dem Doktor abgebildet waren. DORIANA und HOREA.-- Eine Liebesgeschichte, die 1940 endete und doch immer andauerte.

Wie konnte Dr. Mudovicio über ein Bild ihrer Großeltern verfügen, welches sie noch nicht einmal bei Horea gesehen hatte?

Gleichzeitig nahm sie einen Ausweis heraus, welcher Mudovicio gehörte und auf den 11. November 1940 ausgestellt war.

Einen Tag nach dem großen Erdbeben in CHISINAU.
Er mußte bei den Rettungskräften gewesen sein, die den Opfern und Betroffenen geholfen hatten.

Es blieb jedoch bei einem flüchtigen Gedankengemenge, das sich rasch wieder auflöste, weshalb sie nicht weiter daran dachte.

Wie war ihre Großmutter DORIANA noch einmal gestorben? Sie gab sich viel Mühe sich daran zu erinnern und dachte an das Weihnachtsfest, daß sie früher bei ihrem Opa, bei HOREA verbracht hatte und wie er aus der Vergangenheit erzählte.

ENDE KAPITEL 4 - HOREA AUS CHISINAU

FORTSETZUNG MIT KAPITEL 5 - WEIHNACHTEN BEI OPA HOREA

K A P I T E L 5

WEIHNACHTEN BEI O P A H O R E A

KAPITEL 5 - WEIHNACHTEN BEI OPA HOREA

Wie jedes Jahr damals in ihrer Kindheit vermochte ihre Familie einen festen Brauch zu zelebrieren. Da Horea auch öfters zu Kolloquien und Symposien ins Ausland fuhr, wie z.B. nach Paris, Heidelberg oder Stockholm waren die weihnachtlichen Festtage eher nach westlichem Vorbild geprägt. Horea kannte nur zugut , wie man Kinderherzen hochschlagen ließ, seine Erinnerungen an seine Geliebte Doriana, die bei dem schrecklichen Erdbeben von 1940 starb, vermochten seine Anstrengungen seiner Familie ein harmonisches friedliches Weihnachten zu bescheren, noch zu steigern.
Das letzte gemeinsame Weihnachtsfest verbrachte Horea 1939 mit seiner Doriana, bevor das Schicksal seine Pläne für die Zukunft so erbarmungslos zerstörte. Nur selten danach, erzählte er die Einzelheiten jener schrecklichen Tage 1940, als das Erdbeben über die ganze Region wütete, als wäre die Erde aus Pudding und wenn man einen Löffel in ihn steckt, bricht die ganze zartschmelzende Masse auseinander. Sie wollten sich am Nachmittag zu Hause zum Tee wiedersehen, sobald er seine Arbeit am Lehrstuhl unter Professor Masurowitsch beendet hatte, doch dazu kam es nicht mehr.
Die Erde bebte von Rumänien her und die seismischen Wellen erreichten schnell die äußeren Stadtgebiete von Chisinau.
Seine Ruhe war je vorbei, als die ersten Sirenen in der Stadt zu hören waren, sein Herz schlug ihm bis zum Kinn und seine Beine zitterten vor Aufregung. Ein Gefühl ganz tief in ihm, er wußte nicht daß er so etwas schon einmal gespürt hatte, zeigte ihm unter tiefer Besorgnis, daß etwas schlimmes geschehen war.
Er konnte sich sicher sein, daß diese mehr als berechtigt war, denn als er die Straßen von Chisinau durchquerte, um zu seinem und ihrem Heim zu gelangen, bemerkte er schnell, daß ganze Häuserzeilen für immer verschwunden waren. Als er in die Straße einbog, in der sie zusammen gelebt und geliebt hatten, begriff er welchen Schmerz dieser Tag für immer in seinem Herzen hervorrufen würde.
Er fand Doriana in den Ruinen ihres Hauses, von dem nur noch die Eingangsseite mit der imposanten Haustür mit den bronzenen Löwen am Giebel, übrig war. Ihre Hände waren immer noch so zart wie frische Kirschen, wenn man sie in den Mund nimmt, nachdem ein Sommerregen ihre Oberfläche mit einer dünnen Schicht von Feuchtigkeit benetzt hat. Der Ehering war von Staub bedeckt, und das Gesicht war unkenntlich unter einem großen und schweren Stück Stein der Häuserfassade zerschmettert, so daß ihm auf ewig versagt blieb, seine Liebe einen letzten Kuss auf den Mund zu geben.
So blieb ihm nur ein Kuss auf eine der zarten Hände, bevor diese Chance für immer verstrichen sein würde.
Danach schwor er sich , seine Familie über alle Hindernisse und schrecklichen Ereignisse hinweg, zubeschützen und ihnen so gut wie es ging, ein geborgenes Umfeld zu geben.

Fortsetzung nächste Seite...

Nun war es wieder soweit, Weihnachten nach westlichen Vorbild, aber ohne Doriana.

So kannte Walentina ihre Großmutter nur von den Erzählungen und einem einzigen Foto, daß Horea immer in seiner Brusttasche herum trug.

Wenn der Wodka mehr floß, als dies ohnehin schon üblich war, konnte man das seltene Glück erleben, daß er ihr das Foto ihrer Großmutter Doriana zeigte, wobei er ihr einen Kuss gab und in Erinnerungen schwelgte.

Plötzlich überkam es Walentina wie ein Blitz in der Finsternis! Sie wußte wer dieser Doktor Horea aus dem Tagebuch der unbekannten Frau war. Ihr Großvater HOREA!!!

Sie mußte sich hinsetzen, sonst wäre sie auf der Stelle umgefallen. Das konnte unmöglich sein. Ihr Großvater tauchte hier in Lubjanka im KGB-Archiv, als Zielperson auf, der etwas mit der mysteriösen Person und ihrer unglaublichen Geschichte etwas zu tun hatte. Diese Vertrautheit und die Rücksicht auf das junge Leben dieser Frau, zu dem diese überirdische Verbundenheit, zeigten Walentina daß dies nur ihr Großvater sein konnte.

Denn die Erzählungen über ihre Großmutter Doriana und die Ereignisse über das Erdbeben und den Verlust 1940 machten alle Zweifel obsolet und demzufolge überflüssig.

Sie hatte herausgefunden, daß ihr Großvater Horea in dieses Mysterium involviert war und sie beschloß, noch mehr darüber zu erfahren, was es auch kosten würde.

Jetzt war sie ebenfalls ein Teil dieses Mysteriums und dieser unglaublichen Geschichte.

Ende KAPITEL 5 - WEIHNACHTEN BEI OPA HOREA

Fortsetzung mit KAPITEL 6

Das Tagebuch der Kosmonautin
von THOMAS CARLS

KAPITEL 6

DIE BELAGERUNG VON LENINGRAD

Das Tagebuch der Kosmonautin
von THOMAS CARLS
KAPITEL 6: Die Belagerung von Leningrad

1600 Kilometer, weites russisches Land und auf allen Teilen dieser atemberaubenden Landmasse überschritten über 3 Millionen Soldaten der deutschen Wehrmacht, die sowjetische Grenze am 22. Juni 1941.
So begann der Krieg an der Ostfront.
Ziel der Heeresgruppe NORD unter Generalfeldmarschall v. BOCK war die Millionenstadt LENINGRAD.
Die Einnahme Leningrads sollte mit der Einnahme der Hauptstadt Moskau einhergehen, denn von dort ging eine enorme Gefahr für die Kriegsmarine in der Ostsee aus, die sich bereits im Krieg mit der Royal Navy befand.
Desweiteren hätte mit der Einnahme Leningrads der finnische Verbündete des Deutschen Reiches, der seit dem Finnisch-Sowjetischen-Krieg stark unter Druck geraten war, entlastet werden können.
Eine vereinte Front von deutschen und finnischen Verbänden hätte die Sowjetunion in die Knie zwingen sollen.
Im September 1941 begann die Belagerung Leningrads, die sich über Jahre hinziehen sollte . . .

Schüsse hallten durch die Stille der Morgenstunden, doch es waren keine deutschen Gewehre, sondern es handelte sich um TOKAREW-Selbstladegewehre der Roten Armee.
Diese waren ihren deutschen Pendant G41 (M) und G41 (W) technisch hoch überlegen.(3)

"Sjuganow, deine Mama wird sehr stolz auf dich sein!" schrie ein kleiner, drahtig wirkender sowjetischer Soldat, in Richtung der sich verziehenden Nebelwolken, die nach den Salven zurückgeblieben waren.

"Woher willst du wissen, was meine Mama denkt, Podrow?" entgegnete ihm sein Vorgesetzter Sjuganow!

"Bald kommen die Deutschen und dann ist es vorbei mit dem friedlichen Leben hier!" stellte Sjuganow beunruhigt fest.

"Wir brauchen dann jeden, der eine Waffe abfeuern kann!
Vom jungen Burschen bis zum alten Opachen." fügte er hinzu.

Seitdem KRASSNOGWARDEISK eingenommen war, zog sich der Belagerungsring immer enger zu, so dass Leningrad in arge Bedrängnis geriet. Der Fall der Millionenmetropole schien unmittelbar bevorzustehen.

---

(3): Informationen aus "Kalaschnikow - Das Sturmgewehr und seine Ableger" von John Walter, Motorbuch Verlag, Seite 5, ISBN: 3-613-02102-3, Erscheinungsjahr: 2001

Am 15. September wurde der Zarenpalast von Zarskoje Selo angegriffen, einer stark befestigten Bastion vor Leningrad.
Die Kämpfe nahmen an Intensität immer weiter zu.
"Sjuganow, wir brauchen dringend eine Einheit unserer 7,62-cm-Geschütze und Granatwerfer bei URIZK, um Kronstadt und Leningrad vom Wasser aus verteidigen und was noch wichtiger ist, versorgen zu können, falls eine Einschließung unausweichlich werden würde!" ordnete Generalmajor Leonid GOWOROW[4] bei einer Lagebesprechung im sowjetischen Generalstab zur Verteidigung von Leningrad und Kronstadt an.
"Jawohl Genosse Generalmajor!" entgegnete Sjuganow seinem Vorgesetzten Generalmajor Goworow.
Leutnant Sjuganow machte sich unmittelbar nach der Lagebesprechung mit Generalmajor Goworow auf den Weg zur Artilleriebereitstellung, um frisch aus KRONSTADT eingetroffene 7,62-cm-Geschütze weiter nach URIZK zu beordern, so wie es ihm vom Generalmajor befohlen worden war.
"Genosse, ich komme mit Befehlen von Generalmajor Goworow, um eine Verlegung der 29 Geschütze des Kalibers 7,62-cm nach URIZK zu veranlassen!" sagte er in einem bestimmenden Ton zu dem Artillerieoffizier.
"Dazu brauche ich vom Genossen Generalmajor den schriftlichen Verlegungsbefehl, alle Frontabschnitte benötigen jetzt diese Geschütze!" entgegnete ihm der Artillerieoffizier.
"Sicher wissen unsere DOOFHEIT hier, mit wem Generalmajor Goworow eng befreundet ist, oder?" fuhr Sjuganow ohne viel Arroganz in der Stimme fort.
"Wenn URIZK diese Geschütze nicht rechtzeitig bekommt, ist das Schicksal von Millionen Landsleuten in Leningrad besiegelt und du kannst gleich dein Testament machen!" wurde seine Stimme lauter.
"Selbstverständlich Genosse Leutnant!" verwandelte sich die Person vor Leutnant Sjuganow in eine unterwürfige Hündin, die bereit war sich besteigen zu lassen.

4: Personendaten zu GENERALMAJOR LEONID ALEXANDROWITSCH GOWOROW entnommen der WIKIPEDIA-Seite unter Berücksichtigung der Daten von GND: 136105904u.a.: Marschall der Sowjetunion; Geburtsdatum: 22.02.1897 in BUTYRKI; Sterbedatum: 19.03.1955 in Moskau; am 04.06.1940 zum Generalmajor d. Artillerie ernannt

Sowjetische T-26 Panzer tauchten in den Vororten von Leningrad auf. URIZK war da keine Ausnahme. Eine beachtliche Kolonne von LKW, die die 7,62-cm-Geschütze hinter sich herzogen, flankiert von den T-26 bewegten sich auf ihre jeweiligen Stellungen zu.

Plötzlich erschienen am wolkenverhangenen Himmel deutsche Horizontalbomber des Typ He111 über URIZK und vernichteten mit ihren abgeworfenen Bomben einen Teil der Kolonne aus LKW, T-26 Panzer und was noch schlimmer war, die so wertvollen 7,62-cm-Geschütze für die Verteidigung.

Leutnant Sjuganow erreichte URIZK ein paar Stunden später und ihn durchfuhr ein Fluß aus Angst und Schrecken.

Eine alte russische Blockhütte aus Zarenzeiten am Straßenrand stand lichterloh in Flammen. Davor ein brennender T-26, sowie eine Menge getötete russische Landsleute.

Was am meisten schockierte, war das sich unter den Toten auch viele Frauen und Kinder befanden.

Ein lautes Wimmern hinter der brennenden Blockhütte ließ Sjuganow aufhorchen.

Ein kleines Mädchen weinte bitterlich an der Seite seiner toten Mutter. Blut war überall verteilt.

Den Tränen nahe, sagte der Leutnant zu dem Mädchen:

"Es tut mir sehr leid, was die deutschen Faschisten deiner Mama und dir angetan haben. Hast du noch andere Verwandte, die hier in der Gegend leben?"

Sie schüttelte unter Tränen den Kopf und er beschloß sie mitzunehmen.

Was die Zukunft für sie bringen sollte, lag jetzt in seiner Verantwortung, in der eines jungen Leutnants.

"Ich bringe dich zu meiner Mama, die wird sich erst einmal um dich kümmern, wenn ich nicht da bin!" teilte er ihr einfühlsam mit.

"Meine Mutter heißt Dunja TARASCHKOVA und du wirst sie bestimmt lieb haben." fügte er hinzu.

ENDE mit KAPITEL 6: Die Belagerung von Leningrad

FORTSETZUNG mit KAPITEL 7: Ein Wiedersehen mit Anatol

Generalmajor L.A.GOWOROW bei der Lagebesprechung im sowjet. Generalstab zur Verteidigung von LENINGRAD und KRONSTADT

6.4

34

K A P I T E L 7

EIN WIEDERSEHEN MIT A N A T O L

Durch die Ereignisse in OLENJOK taumelte Walentina sichtlich erschüttert durch die Ortschaft und erkannte wie einsam sie sich doch fühlte.
Per Zufall erblickte sie in einer kleinen Bäckerei in OLENJOK jemand Bekannten.
Zuerst dachte sie ihren Augen nicht trauen zu können, doch als sie sich einander näherten, fiel der ganze Druck und Schmerz der letzten Zeit plötzlich von ihr ab, wie ein Staudamm bei dem das Reservoir voll Wasser geleert wird.
Sie erkannte ihn und er erkannte sie.
-- Es war Anatol. --
Seit der Ereignisse in Moskau hatte sie nichts mehr von ihm gehört, geschweige gesehen.
Jetzt lief er ihr blindlings hier in OLENJOK in die Arme.
Überglücklich gab sie ihm einen Kuss auf den Mund und dann noch links und rechts auf die Wangen.
Er errötete sichtbar und doch wehrte er sich nicht dagegen, denn er war auch froh nach seiner Flucht aus LUBJANKA, endlich wieder mit jemandem zu sprechen und vor allem hier noch mit Walentina, zu der er sich immer schon ein wenig hingezogen fühlte.
Die Umstände ließen jetzt aber alle Hürden fallen und er genoss diesen Augenblick der Ruhe und Zuneigung.
Doch dieser warmherzige Augenblick dauerte nicht lange, denn plötzlich fielen hinter ihnen Schüsse.
-- Automatisches Gewehrfeuer durchzog die Luft und schlug in allen Richtungen neben ihnen ein. --
Sie duckten sich und fielen zu Boden, um auf allen Vieren davon zu kriechen.
Die Zeit war nun am verrinnen, Wie bei einer Sanduhr.
Nur ging es hierbei um ihrer beider Leben. Sie eilten zum gleichnamigen Fluss, dem OLENJOK, versuchten ein passendes Gefährt zu finden und nahmen ein kleines Fischerboot mit Außenbordmotor.

Das Tagebuch der Kosmonautin
von THOMAS CARLS
KAPITEL 7: Ein Wiedersehen mit Anatol

Als sie beide ihren Verfolgern ein weiteres Mal entkommen mußten, gestand sich Walentina ein, dass das Wiedersehen mit Anatol doch anders verlief, als sie sich es vorgestellt hatte.
Das Boot auf dem sie sich jetzt befanden, war ein Aluminium Motorsportboot, sowjetischer Bauart.
Anatol bediente den Zweizylinder-Zweitaktmotor NEPTUN-23[6] und man merkte schnell, dass er dies wohl nicht zum ersten Mal tat.
"Sag Anatol, wie schnell fahren wir hier eigentlich?" fragte Walentina Anatol.
"Also der Neptun-Außenbordmotor bringt eine Leistung von 23 PS! Das ist schon eine ordentliche Geschwindigkeit, die wir jetzt drauf haben. Aber wir wollen ja auch schnell entkommen, oder?" entgegnete ihr Anatol, während das Wasser nur so um sie herumflog.
"Ich denke das müssen wir wohl! Gerade, nachdem was ich alles erlebt und erfahren habe. Angefangen mit dem Tagebuch, was wir in Moskau entdeckt haben, die tödliche Jagd und der Sturz vom Dach, mein Verhör bei Dr. Mudovicio und der Unfall mit dem Studebaker. Außerdem, dass was der alte Mann auf der Kolchose mir über meinen Großvater HOREA erzählt hat, dass er beim Raumfahrtprogramm mitgearbeitet hat! Alle Bausteine fügen sich zu einem Ganzen zusammen! Wir sind so dicht an der Wahrheit Anatol!" führte sie ausführlich aus.
"Wir müssen unbedingt weitermachen und das Schicksal der unbekannten Kosmonautin aufklären. Das sind wir ihr schuldig, ihr und ihren Angehörigen, wenn es denn welche gibt!" ergänzte sie.
Die größte Überraschung war die Beteiligung von Walentinas Großvater HOREA, der auch namentlich im Tagebuch erwähnt wurde und anscheinend eine wichtige Bezugsperson der unbekannten Kosmonautin war.
Als beide in ihrem Motorsportboot eine kleine Entfernung zurückgelegt hatten, fiel ihnen am Ufer eine Besonderheit auf.
Es handelte sich um ein silbernschimmerndes Teil, dass durch die Sonne noch mehr zum Leuchten gebracht wurde.

---

(6): Bedienungsanleitung NEPTUN 23 Heckmotor 23 SAE-PS
-Import aus der UdSSR- Union-Außenhandelsgesellschaft mbH für Metallwaren und Sportartikel DDR 108 Berlin

Das Tagebuch der Kosmonautin
von THOMAS CARLS
KAPITEL 7: Ein Wiedersehen mit Anatol

Sie beschlossen ihrer Flussfahrt, die langsam aber sicher den Charakter eines Ausfluges von Urlaubern auf dem OLENJOK annahm, ein Ende zu machen, um dieses metallene Stück von historischer Tragweite in Augenschein zu nehmen.

Der NEPTUN-23-Außenbordmotor wurde leiser, bis er ganz schwieg. Als sie ans Ufer wechselten und diesem geheimnisvollen Teil näher kamen, konnten sie ihre Überraschung über das Gesehene nicht verbergen.

Es handelte sich hierbei um eine kugelförmige Landekapsel! Diese war zwar schwer beschädigt, konnte aber als WOSTOK-Raumschiff identifiziert werden, da eine verblasste Inschrift mit kyrillischen Buchstaben das Wort "W O S T O K" erkennen ließ.

Sie waren auf der richtigen Spur und fanden einen Brief bei der Landekapsel, der nicht an sie persönlich adressiert war, sondern an alle die das Geheimnis ergründen wollten.

In diesem Brief versprach der Verfasser, dass er die Beweise liefern könnte, nach derer nicht Juri GAGARIN, sondern jemand anderes, eine Frau, als erster Mensch im Weltraum gewesen sein sollte.

Jetzt endlich würde sich das Geheimnis aufklären.
Sie machten sich auf den Weg, um zu der Stelle, dem geheimnisvollen Ort zu gelangen, die der Verfasser in seinem Brief beschrieben hatte.

ENDE mit KAPITEL 7: Ein Wiedersehen mit Anatol
FORTSETZUNG mit KAPITEL 8: Endlich kommt die Wahrheit ans Licht

K A P I T E L 8

ENDLICH KOMMT DIE WAHRHEIT ANS LICHT

Nachdem sie sich mit Anatol in OLENJOK getroffen hatte, versuchten sie den Hinweisen zu folgen, welche ihnen wie Brotkrumen auf ihrem Weg hingestreut wurden.
Nicht nur die Einträge im Tagebuch der Kosmonautin, sondern die Informationen von Dr. Mudovicio und die Erinnerungen an HOREA den Großvater von Walentina, die nun zusammengefügt ein ganzes Bild ergaben. Sie beide waren davon überzeugt, daß es eine Kosmonautin gab, die vor dem offiziell ersten Menschen im Weltall, Juri Gagarin, bei ihrem Erstflug tödlich verunglückt sein mußte und deren Unglück von staatlicher Stelle vertuscht wurde.
Was ihnen noch fehlte, war ein physischer Beweis, also sterbliche Überreste, oder die Aussage eines Verantwortlichen, der die Beweise und die Behauptung bestätigte.
Diese Beweise sollten sich schon bald zeigen, als ein ehemaliger Mitarbeiter vom ersten bemannten Weltraumflug, ihnen den Fundort zeigen wollte, an dem das Wrack der Raumkapsel abgestürzt sein sollte und auch die sterbliche Hülle der Kosmonautin ihre letzte Ruhestätte fand.
Sie trafen sich mit ihm im Lärchenwald inmitten der Sibirischen Taiga außerhalb von OLENJOK.
Die Erwartungen waren riesig.
Standen sie wirklich endlich vor des Rätselslösung?
Was beide nicht ahnten, war die Tatsache, daß sie jemand erwartete, mit dem sie dort am aller wenigsten gerechnet hätten.

Es war gespenstisch ruhig, als sich Anatol umdrehte und das Messer kommen sah. Walentina bekam es viel zu spät mit, sonst hätte sie ihn warnen können.
"Anatol nein." schrie sie.
"Walentina lauf!" rief er zu ihr, bevor er nach unten sank.
Sie wollte zuerst gar nicht von ihm weichen, da sie nicht wusste, ob er tödlich getroffen war.

FORTSETZUNG von SEITE 01_KAP8

Hinter einer Lärche, stapfte jemand an dem Körper von Anatol vorbei. Es war TUDAJEV.
Ihr Vorgesetzter in Moskau.

"Oh mein Gott!" dachte sie überrascht und tief getroffen. Gleichzeitig waren ihre Gedanken bei Anatol, ob er tot oder noch am Leben war.
TUDAJEV schrie ihr hinterher:

"Ich habe sie hochgeschickt und sie ist wegen mir umgekommen! Ihr Name war YULIA TARASCHKOVA!".
Jetzt kannte sie das Geheimnis und die unbekannte Frau hatte endlich einen Namen bekommen. Aber das war noch nicht das Ende.

ENDE KAPITEL 8 - Endlich kommt die Wahrheit ans Licht
FORTSETZUNG mit KAPITEL 9 - Der Tod Tudajevs

Das Tagebuch der Kosmonautin
von THOMAS CARLS

K A P I T E L 9

DER T O D T U D A J E V S

Der Showdown begann in der Weite der Sibirischen Taiga inmitten von Bäumen und Schnee, der sich meterhoch türmte. TUDAJEV stand in seiner Pelzjacke und der Chapka zwischen zwei Lärchen.

"Wissen Sie Walentina, wer für die Lobotomie verantwortlich war, die leider fehlschlug?" fragte er in die Kälte, die sich in seine Lungen zurückzog. Verblüfft und entsetzt antwortete sie ihm: "Das waren Sie oder?".

Plötzlich zog er ein Messer aus der Tasche, was sie dazu veranlasste, die geladene Pistole in seine Richtung zu bringen.

"Sie haben zuviel herausgefunden und das könnte die Genesung unserer russischen Nation nachhaltig stören oder verlangsamen." Man könnte meinen, daß Walentina durch den Schock der Erkenntnis den ihr TUDAJEV verabreicht hatte, nun willenlos geworden wäre. Aber sie nahm ihren Mut zusammen und wollte gerade antworten, als TUDAJEV das Messer nach ihr warf und es in der Lärche neben ihr stecken blieb.

Sofort löste sich ein Schuss aus der Waffe und traf ihn in der Brust. Er fiel nach hinten über und ein Schrei löste sich aus seinen Lippen. Er stand auf und lief davon, in den von schneebedeckten Lärchenwald.

Was er nicht wußte, war der Sibirische Tiger, einer der Gattung Panthera Tigris Altaica, ein ausgewachsenes Männchen, daß ihm dicht auf dem Fersen war und sein Blut gerochen hatte.

Als er begriff, was jetzt geschah, war es bereits zu spät.

Der Sibirische Tiger setzte zum Sprung an, streifte dabei ein, zwei Lärchen, die durch den Schwung ihre weiße Pracht abschüttelten und stürzte sich mit seinen 250 bis 300 kg auf Tudajev.

Er versuchte sich zu wehren und verpasste dem Tiger mehrere Schläge gegen den Bauch und Tritte in die Geschlechtsorgane.

FORTSETZUNG VON SEITE 01_KAP9

Aber alles nützte nichts mehr.
Mit einem letzten Biss ins Genick, schleuderte der Tiger Tudajev herum und er blieb leblos liegen.
Seine Beute ließ er nun nicht mehr los und legte sich wie triumphierend darauf.
Das war das Ende des geheimen Widersachers von Walentina und Anatol.
Tudajev war tot und konnte die Wahrheit jetzt nicht mehr verhindern.

ENDE KAPITEL 9: DER TOD TUDAJEVS

WEITER MIT KAPITEL 10: EWIG WÄHRT DER RUHM...

K A P I T E L 10

E W I G W Ä H R T D E R R U H M

Das Tagebuch der Kosmonautin
von THOMAS CARLS
KAPITEL 10: EWIG WÄHRT DER RUHM

Nachdem TUDAJEV tot war, lief Walentina zu der Stelle zurück an der sie Anatol verletzt zurückgelassen hatte.
Zu ihrer Verblüffung war er noch am Leben. Sie stemmte ihn auf die Beine und umfasste seine Arme, einen davon legte sie um ihre Schulter und begann den beschwerlichen Rückweg nach OLENJOK.

Zum Glück wurde er nicht bewusstlos sonst hätte sie ihn liegen lassen müssen. Nach einiger Zeit erreichten sie beide einen bewaffneten Posten der Miliz.

Anatol wurde verbunden und in einen Armeelaster gebracht.
Walentina setzte sich hinten neben ihn und hielt seine Hand.

SECHS WOCHEN SPÄTER ...
Wieder in Moskau waren Walentina und Anatol als Ehrengast bei der Einweihung eines Denkmals für die vergessene Heldin, der Kosmonautin YULIA TARASCHKOVA.

"Nur durch den vorbildlichen Einsatz zweier Mitarbeiter konnte die Vertuschung, die 1960 begann nun beendet werden.
Ihrem Engagement ist es zu verdanken, daß die Kosmonautin YULIA TARASCHKOVA nun ihren verdienten Platz in der Geschichte einnehmen kann." bedankte sich der Präsident der Russischen Föderation, B.J..

Zufrieden sahen sie sich die Statue an und meinten zueinander:
"Leider hat die Statue kein Gesicht, da sie nicht wissen, wie sie ausgesehen hat." sagte Anatol.

"Es gibt ja keine Fotos mehr. TUDAJEV hat ganze Arbeit geleistet." antwortete Walentina.

AM NÄCHSTEN MORGEN ...
In der Lubjanka gingen Walentina und Anatol wieder ihrer Arbeit nach und sortierten weiterhin Akten und Dokumente aus Zeiten der UdSSR und des KGB.

Immer wieder wichen sie von ihrer eigentlichen Tätigkeit ab und erinnerten sich einander der ereignisreichen Entdeckung des Tagebuch der Kosmonautin.

Der Tag verging und sie verabschiedeten sich herzlich voneinander. Den Blick, den sie sich dabei zuwarfen, ließ erkennen, wie sehr sie durch die Erlebnisse doch einander zugewandt waren.

Als Walentina sich wieder umdrehte und einen Blick nach oben zur Lubjanka machte, erkannte sie hinter einer Fensterscheibe im Obergeschoss Dr. MUDOVICIO stehend, der sie listig und selbstsicher anlächelte.

weiter nächste Seite!

Plötzlich bekam sie einen Schock und brach zusammen, worauf Passanten Rettungskräfte alarmierten und Erste-Hilfe-Maßnahmen durchführten, bis diese eintreffen würden.
War es wirklich real, daß Dr. MUDOVICIO hier in Moskau war? Wenn ja, warum?

---ENDE?---

Seite 34: Generalmajor L.A.Goworow bei der Lagebesprechung im sowjetischen Generalstab zur Verteidigung von Leningrad..

Das Bild zeigt Leonid Alexandrowitsch Goworow
als Kommandeur über die Leningrader Front.
Datum: Dezember 1942

Diese Datei ist zugelassen unter dem schöpferischen Gemeingut, Namensnennung 4.0 Internationale Genehmigung,

Namensnennung: Mil.ru

Ministerium der Verteidigung der Russischen Föderation

Man ist frei: -die Bilddatei-

- mit jemanden zu teilen, zu kopieren, verteilen und weiterzuleiten,
- neu zu mischen, die Arbeit zu bearbeiten unter den Bedingungen der Namensnennung

Ich bestätige, dass ich diese Bilddatei zum Zwecke meiner Geschichte als historisches Element in KAPITEL 6: Die Belagerung von Leningrad verwendet habe, ohne das Bild an sich zu verändern oder davon Teile auszuschneiden! Die Beschreibung des Bildes und der darauf erkennbaren Personen wurde im Rahmen der literarischen Freiheit zur Veröffentlichung dieser Geschichte "Das Tagebuch der Kosmonautin" von mir als Autor vorgenommen.

Das Tagebuch der Kosmonautin
von THOMAS CARLS
---INHALTSVERZEICHNIS---

Das Tagebuch der Kosmonautin
von THOMAS CARLS

IMPRESSUM

Autor: Thomas Carls
Umschlaggestaltung: Thomas Carls

Verlag & Druck: tredition GmbH, Halenreie 40-44, 22359 Hamburg
ISBN: 9783347024489

Bibliografische Information der Deutschen Nationalbibliothek:
Die Deutsche Nationalbibliothek verzeichnet diese Publikation in der Deutschen Nationalbibliografie; detaillierte bibliografische Daten sind im Internet über http://dnb.dnb.de abrufbar.